歌集

明媚な闇

Mayumi Ozaki

尾崎まゆみ

短歌研究社

明媚な闇――目次

I

水にひらく　010
音をみせあふ　021
時の滴《したた》り　024
銀　盤　035

II

桜の舌　042
汗は苦い　053
ひいやり剝がす　058
葉擦れはにかむ　069

明媚な闇 073
情熱の冥《くら》き 084

III

芹の清潔 092
赤い音の連なり 101
女雛《めびな》の眠い切れ長の目に 105
形があつい 116
波の感触 121
底《そこ》紅《べに》 132

IV

みづが痺《しび》れるやうに　138
褥《しとね》のやうね　149
珊瑚色《コーラルピンク》　152
林檎園　164
あとがき　167
初出一覧　172

明媚な闇

I

水にひらく

「無伴奏ヴァイオリン・パルティータ第2番」
ヨハン・ゼバスティアン・バッハ

二〇〇五年六月九日、私の師である塚本邦雄が逝き、六月十日にはほとんど全ての小説をコレクションしている倉橋由美子が逝った。二人の前衛がいない夏。私はひたすらプールで浮かんでいたような気がする。そして、蝶は霊の化身という伝承を知ったのも、この夏のことだった。と、思う。

さみどりのその半分はひざかりに吸はれたるやう半夏生《はんげしやう》咲く

あらはれて遊びあそべる蝶の骨ひるがほの白妙のひらひら

かなしみの純白もまたけがれやすい日傘《パラソル》の花の翳《かげ》につつめど

塚本邦雄・倉橋由美子逝き逝きてみづにゆらめく白がまぶしい

塩の清浄のさやさや結晶にとどくひかりの指先の冷え

うちがはにこもるいのちの水の色の青条揚羽《あをすぢあげは》みづにひららく

ひららく　ひりひり痛い

人のからだはほとんどが水

みづに文字書くやうに掻く真昼間のプールに水のからだうかべて

ひかがみをふたつに折れば蹠《あなうら》はひいやり浮かぶ一頭の蝶

ひかがみ（膕）膝のうしろのくぼみ
あなうら（蹠）足のうら

立つてゐる揺れてゐる血のわたくしをぬるい光のなかに閉ぢこめ

皮膚をへだてて水とみづ

皮膚いちまい隔ててきつつ馴《な》れにしはじんわり沁みるみづの揺らめき

みづに微睡《まどろ》むゆららゆらめく感情のたまゆら声のふれあふを聞く
たまゆら（玉響）ほんのしばらく

さよならがうまく言へない揚羽蝶翅《はね》は冷たい指にもがれて

銀の箔はがれて浮かぶひかりありいのちのやうに眼裏《まなうら》を過ぐ

指の先眩《めくら》むひざし掻きあげて真夏日にくらがりが生まれて

ざわめきのプールサイドの長椅子にすわれば時の跡のけざやか

陽のあたる部分の水はゆつたりと汗のながれに搦《から》めとられる

記憶には明るいはうと暗いはう、生きてゐるわたくしが思へば
百日紅《さるすべり》脱ぐいちまいの夏までの樹皮にはりつく時の重たさ
魔にあふは夏のゆふぐれ時すこしゆるぶからだの熱にまみれた

すれちがふ白粉花《おしろいばな》のぬばたまの実のほろほろと弾け散るとき

ひつたりとうちがはに折れ閉ぢられて合歓《ねむ》の睡りのなかへくれなゐ

ゆふやみに潮のかをりは強くなる翅をもがれし蝶をしづめる

真実は真珠の粒のうちがはにきりきり絞まる異物の痛み

永遠といふ詞《ことば》ありパルティータ煽《あふ》るやうなる響きに打たれ

月光のしたたる夜のヴァイオリン道行きの黒揚羽ひらひら

さねさし性《さが》を音にくづした超絶といはれる指のためのシャコンヌ

さねさし　枕詞。正式には相摸にかかる

燿《かがよ》ふはふれあふ響き時といふあはい流れのなかにたたずむ

来ぬもゆら来てたまゆらの音あれば水晶体をほそめみる猫

もゆら　玉が触れあつて鳴る

手鏡にみちたる闇に一対の兵士の眼《まなこ》しづかにしまふ

音をみせあふ

夏のなきがら饐《す》えたにほひの銀杏《ぎんなん》を踏みしめてゐる昼の街路に

降りてくる日差しの中にひいやりとその弓張《ゆみはり》の月の入り口

昼月のしろい皮膜は青空のうすい鼓膜と思ふ　震へて

せつなさにすすき刈萱《かるかや》吾亦紅《われもかう》　葉擦れの白き音をみせあふ

うしなはれた時の雫《しづく》のすきとほる西條八十の『砂金』捲れば

ひやひやとあさい眠りにうすい胸踏まれて透《とほ》る　風の銀色

やはらかく人はくづれてゆくならむ月の白さに吸はるるやうに

槌《つち》・砧《きぬた》・鐙《あぶみ》てふ骨つながれて秋のなげきをとめどなく聞く

時の滴《したた》り

「アヴェ・マリア」
フランツ・ペーター・シューベルト

一九九五年、阪神大震災の後の春、ＪＲ神戸線は三宮から住吉までを残してとりあえず復旧した。大阪方面へは三宮で電車を降りてバスに乗り換え、瓦礫のなかを通って住吉駅近くの国道に架かる歩道橋前で降りる。そこから一階が潰れたまま放置された民家の横を通って駅まで歩き電車に乗り換える。傷つきながらなんとか持ちこたえている歩道橋の欄干には、手書きの張り紙が風に震えていた。

「わだつみの声」のわだつみ「我が罪」といふ感じする一月の海

またひとつ花ひらく声くぐり抜け冬のひかりの粒にまみれて

ゆるやかに走る電車の片隅に忘れられたるひとつわたくし

水底にゆるゆると落ちつくまでは水を吸ふしろい紙の人形《ひとがた》

ゆくならば真昼の月のまなざしのうすいひかりの輪をくぐりぬけ

一九九五年ＪＲ神戸線住吉駅近く、歩道橋欄干の張り紙

「見物に来たなら帰れ」といふ言葉、住吉の地に立つたびに顕《た》つ

感情の曖昧母音くちびるのかたちを通りすぎてため息

読みなづむさらばとこしへさあらばと半音階へ続く日差しは
贅美歌 333

息つまるほどみつしりと時を抱く薔薇の根の絡みあふつよさに

そして冷たく枝をひろげる桜樹に逢ふ約束の花束を置く

瓦礫《がれき》から探し出されたレジのある炭焼珈琲店の味はひ
ひとすぢのひかり鋼《はがね》の感触の来てやはらかく指にまつはる
細く吐く息の流れはわたくしの虚《うろ》の部分を震はせるため

金曜日には人身事故が多い

一月の金曜日またみづからを消して電車は遅れる気配

阿鼻叫喚《あびけうくわん》の地のゆらめきに青空は時のしづくをしたたらすのみ

底のそこまでも海鳴り藍色の母音重たくしづめられたる

使ひ捨てカメラの赤い点滅は現在の過去さらつてゆく

粉雪の散るまぶしさに濯《すす》がれてさびしいみづのからだ光れり

車止めつまづきたふれ擦りむいた私の闇は何であつたか

アンネと名付けられた薔薇がある

ホロコースト　アンネの薔薇の金色の冬月のきつさきのつめたさ

ひたすら歩く暗闇に咲く白玉か何ぞと問ひし無垢の足首

白玉か何ぞと人の問ひしとき露と答へて消なましものを
在原業平『伊勢物語』第六段

水仙の芽は小指ほど暗闇をいだきては伸びあがるかたちに

アヴェ・マリアひくく流れる三宮地下鉄へゆくまでの耳鳴り

人間は案外つよい　ゆふべにはサプリメントの粒を呑みこむ

愛しあふ手に包まれてゐる記憶羊水のなかに眠る真珠母

電飾に磨《と》がれていたい三日月の先に血潮のやうなしたたり

画集捲ればそのゆらめきのラ・トゥールの火に左手は白く汚れて

塵ひとつ残さぬやうに寝室に仮死の死の清潔をほどこす

地を這《は》ふ夢の中をひたせり真夜中にみづ飲む猫の舌ならす音

時はゆきすぎてしまつて朝まだき踏むきららなす霜の感触

銀盤

淀川歌会「冬季オリンピック」という題詠によせて

丘を越え聖火《かみのひ》かかげイタリアへ駆け抜けてゆく白葦毛見ゆ

粉雪の風に追はれて 瀝青《アスファルト》 ころがる雪のよろこびを舞ふ

星のやうに冬苺あるセロファンに化粧《けは》ふ半身包みこまれて

氷上を巡りめぐれる輪の中をスケート靴は逃れられない

人形にスポットライトふれあへばそのまぶしさに孵《かへ》る人の香

菜の花を食《は》む口許のすずやかに潤みてあはくかさねあはせた

愛敬《あいきやう》はにほひ散るらむしらしらとひかりの春の水底《みなそこ》にゐる

角砂糖じんわり溶けるわたくしの内側にある夢の一部が

腕は羽ばたきのかたちにスパイラル時の流れのみちてなめらか

表情に浮かぶ　女雛の眉引きのそのおもかげの月がひいやり

まなざしは薄くうなじを剝《は》ぐといふリアリスムとはそのやうなもの

目が傷ついてしまつた（白いひかりあり）ゆふべ鏡に月を映せば

銀盤に蕾つめたく描かれし春立つはよろこびの傷跡

II

桜の舌

「ピアノ協奏曲第20番・ケッフェル446番」
ヴォルフガング・アマデウス・モーツァルト

花かごに月を入れて、もらさじこれを、くもらさじと、もつが大事な。『閑吟集』

頭韻（ただし濁点は除く）

土地には記憶がある。例えば生田川の記憶は『万葉集』巻九にみえる高橋虫麻呂の詠んだ妻争い伝説から始まる。菟原処女《うないおとめ》のねむる処女塚を中心に、西求女塚には菟原壮士《うないおとこ》、東求女塚には血奴壮士《ちぬおとこ》。生田川伝説は、『大和物語』、謡曲『求塚』、そして森鷗外『生田川』へと、いくたびも甦る。

春の肌ひいやりさはる草の芽の土より生《あ》るることの不可思議

なすな恋なづなすずしろ乳白《ちちじろ》の靄《もや》ゆつくりと土をうるほす

駆け足でゆけば解《ほど》けるわたくしの春の芽吹きのやうないらだち

恋は身にふかくねむりてゐたるらし桜さくらの声に目覚めて

にほふよろこびの一瞬あらはるる桜前線　舌のかたちに

つながれて結ぶはなびら括《くく》られて鎖骨くぼみに溜まるひかりは

樹のゆらぎ張りつめてゐるくれなゐの樹液めぐれる春の力

追はれて息の絶え絶えに聞くむきだしのケッフェル四四六番

生田川空をよぎれる鳥かげを射る　まばらなる痛み芽吹けば

恋恋《れんれん》のにほふ心を縫ひ綴ぢる摂津ゆかりの歌物語

天網《てんまう》にかかるくれなゐ魅入られて震ふ昼月花のみぎはに

てんまう（天網）　天がはりめぐらした網

求女塚《もとめづか》柳芽吹きのさみどりの風は西かぜ枝にさやさや

西求女塚には、　おほきな一本の柳

らうたしと菟原処女《うなひをとめ》の三分咲き御影石町にて花と逢ふ

処女塚《をとめづか》は桜、　さくら、　さくら

らうたし　愛らしい

さくらばな蕊《しべ》の震へのくれなゐのちから蕾はまたほどかれて

白魚《しらうを》の眼にしらしらと夢見草《ゆめみぐさ》他界にひらく眼と見つめあふ

夢見草は桜の異称

こめかみにしつくりと合ふてのひらを拡げておほふときの指先

連翹《れんげう》の「れ」のゆるやかに紋黄蝶花とみまがふ翅《はね》のふうはり

をとめをとめの口をひらいて爛漫《らんまん》のさくらあふるるまでを詰め込む

くれなゐの移しごころの硝子玉映しあふ青空のからつぽ

もらさじと、桜の舌に列島は、ゆつくりと舐められてゆく

爛漫は襤衣《らんい》にちかくてのひらに滲むまで握りしめたる花

らんい（襤衣）やぶれた衣

桜鯛きのこ添へなるこの星の恵みじんわり食《は》みて忘るる

東求女塚跡は、ほぼ丸く囲はれゐる

しどけなき影の映れる鶸色《ひはいろ》の魚眼レンズに乳色《ちちいろ》の膜

とぢめ震へるこころと思ふ縫しろを縮めて春の月を繕《つくろ》ふ

もつれあふ夜の隘路《あいろ》に紋黄蝶肢肢肢《ししし》ひかりの中に吊るされ

月読《つくよみ》のひかりに浮かぶ影踏みの「魂《たま》なき骸《から》はかひなかりけり」

影とのみ水のしたにて逢ひ見れど魂なき骸はかひなかりけり
『大和物語』第百四十七段　伊勢の御息所の歌

からだこころを離れがたくて朧月《おぼろづき》髪にひかりを搦めてむすぶ

たはやすくめぐる鼓動に海鳴りに浮かぶ器《うつは》のやうな微睡《まどろみ》

いくた川冴ゆる桜の真夜中に散るよろこびのあとなる不変

白真弓《しらまゆみ》春の弓張ありあけのあはく光を曳きて帰らな

しらまゆみ（白真弓）枕詞。「はる」「い」「ひく」などにかかる

汗は苦い

人間は人形《ひとがた》といふ檻である肩胛骨《けんかふこつ》のくぼみをさぐる

滲ませてサイドステップわたくしのふくらはぎまで音楽の来て

人形の踊る肘から指の先ふるふるくづれ羽根の一枚

ジェニファー・ロペス揺れる足首からめとるグレープヴァイン左から踏む

サイドステップ、グレープヴァイン、サルサはステップの名前

鼓動あはせておよぐ指ありあまやかに本当のわたくしを捕らへよ

ちがふちがふ　血をとぢこめた人形《ひとがた》に頬弾かれるときの違和感

からだには表情がある　エミール・ガレ立つてゐる酢のやうな花瓶の

しなふ背中の翳《かげ》いとしさの輪郭は紋白蝶の羽交締めなる

わたくしの翳りからめてサルサ踏むてのひらにひらひらのこころを

うしろから空の揺らぎの声ひびく薄いひかりの膜を纏《まと》へば

夕焼のなかにくづれてゆくやうに肉桂《にくけい》の肉、人を重ねた

エゴン・シーレ人のかたちの線描にひりひりと滲みだしたる肉

からだ沁みとほるひびきはあたしから左足首までの暗闇

口にふふむカルメンのあのアカシアの黄の炎なり　汗は苦い

「逝ける王女のためのパヴァーヌ」
モーリス・ラヴェル

ひいやり剝がす

さつきまつ花橘の香をかげば昔の人の袖のかぞする
『古今和歌集』巻第三　夏歌
頭韻

京都市上京区寺の内通にある妙蓮寺は塚本邦雄先生の眠る所。私はいつも三宮からＪＲを使う。京都駅前のバス乗り場から⑨のバスに乗り、学生の頃にはよく路面電車に乗ったな、などと思いながら「堀川寺の内」で降りる。六月の京都は暑いのだけれど、墓所へ導く酔芙蓉の小径には涼しい風が吹き抜ける。

さみだれの磨くさみどり鏡面に朝の目覚めの顔を洗へば

梅雨空の甕覗《かめのぞき》なるみづの色　覗きこむ関西のはつなつ

かめのぞき（甕覗）淡い藍色

きのふから今日へ流れるわたくしの弱いところに沁みる記憶《メモリー》

待つゆらぎ匂ふ皐月の三宮プラットホーム上の黄の線

吊るされてゐればからだの中心はまつすぐに骨の力を抜く

薄荷糖ほのあかるくて精神の揺れ　鰭《ひれ》　背鰭　背《そびら》浮きたつ

なだらかに山崎を越ゆ稜線にパヴァーヌがゆつくりと流れて

たはやすく蜜を味はふ揚羽蝶そのはなびらのあつき食感

中心に触《さは》れない透明な空　もとめあふ手のやうな炎の

挟みこむ手帳のなかに　ほ・そ・た・ほ・そ　迦陵頻伽《かりようびんが》の式子の音色
ほそたほそ「ほととぎすそのかみ山の旅枕ほのかたらひし空ぞわすれぬ」
式子内親王『新古今和歌集』の各句の頭の音

ＪＲ京都駅

流れる時の底はひいやり肋骨を開かぬやうにふかく息吸ふ

喉を潤すぷくぷくのみづ葉桜の樹液が欲しいわたくしのため

からみあふ音の流れのたをやかに差しのべてゐる抱擁の腕

緒は玉を貫くために言ひさしの言葉実るをひしひしと待つ

カプチーノ人肌となるまで座るわたくしといふ記憶《メモリー》の嵩

化粧《けは》ふ眉掃きの感触ときめきのさつきさみだれ蕊《しべ》にうつとり

花の舌白くかをれば梔子のだらだら坂をのぼつて締める

ちよつと寄り道

むばたまの『塚本邦雄全集』は三月書房棚のくらがり

かさなりに「我」の影たつ　わたくしはゆるく言葉になぞられてゆく

しのばせてゐるいのちなる血のゆらぎゆつくりと泡立つを目守る

ノクターン　うすく震へる夏までの記憶の皮がすこし捲れて

ひざかりのなかに鰭《ひれ》ふる蘭鋳《らんちう》にふれぬばかりのさびしさにゐる

らんちう（蘭鋳）金魚

非時香菓《ときじくのかくのこのみ》のかぐはしさ四条大宮どほりよぎれば

ときじくのかくのこのみ（非時香菓）橘の古名
蜜柑の類

伸びをする白猫《しろねこ》の仔は一枚の夏の薄皮　ひいやり剥《は》がす

そのかをり艶物《つやもの》生《な》り物常世物《ものとこよもの》たちばなは夏の記憶開いて

塚本邦雄先生の眠るところ

寺の内堀川あたり妙蓮寺ふところふかく眠る歌骨《うたほね》

残り香のうるはしき棘わたくしの瞳のふかいところにひびく

風に戸惑ふぶらうすの襟首《えりくび》の白ひざしの指の腹になぞれば

空色の空は曖昧しあはせに「ふ」をつけて知るしあはせの嘘

すべて食べつくす炎天青空に蜾蠃少女《すがるをとめ》の羽ばたきが散る

葉擦れはにかむ

青春の影の部分にあすならう葉擦《はず》れはにかむ寺山修司

蝶のまだ生まれぬ森の暗闇の山紫陽花の白いかたまり

汽水湖のひかりを運ぶすずかぜはまゆみ槻弓《つきゆみ》流麗ならむ

「時には母のない子のように」青空の下を流れる風に吹かれて

過ぎたるは森のにほひのむかうがは郭公《くわくこう》の呼ぶ声のけだるく

やまぶだうジュース酸つぱい紫のポリフェノールに和《なご》まれてゐる

七竈《ななかまど》 きらめく道を乱視なる眼の曖昧にゆつくり託す

空港は濃霧のしめりつややかに青森発の飛行機の肌

わたくしも横抱きとなる砂時計零れたる一瞬の永遠

サラブレッドの眼のなかほどを流星のよぎれば森は青く鎮《しづ》まる

明媚な闇

「ピアノ五重奏曲　鱒」
フランツ・ペーター・シューベルト

月やそれほの見し人の面影をしのびかへせば有明の空
藤原良経　六百番歌合　恋暁恋
頭韻

「光仁天皇の神護景雲四年（七七〇年）、畿内の国境十箇所に疫神を祭って疫神はらいを行わせた」と「続日本紀」にある「多井畑《たいのはた》厄除《やくじん》八幡宮」は一ノ谷の決戦の際源義経が必勝祈願した場所ともいわれている。私がはじめてこの場所を訪れたのは一九九五年一月十六日。あの日、何故か三宮で誕生石ガーネットのネックレスを買い、その帰りにここに来て「肌守り」を頂いた。明日、何が起こるかなんて誰も知らない。

つつみこむ秋風《あきかぜ》の手の切れさうな有明の白い月の輪郭

樹の憂ひ昨日の雨に濯がれて、今わたくしの髪を濡らした

山肌をなだらかに吹き抜けてゆくシューベルト「鱒《ます》」の揺らぎの部分

その石段はあの震災の朝を知る多井畑厄除八幡宮《たゐのはたやくじん》のあかるさ

連綿と樹をしめあげる松風は蕾の硬いはぢらひに似て

「もしほ」は松風、「こふじ」は村雨、能「松風」のモデルといふ
杜鵑草《ほととぎす》むらさきのこり残り香の「もしほ」「こふじ」の墓のあでやか

姉妹が鏡として使つた泉は井戸のやうな大きさ

のぞきこむ鏡《かがみ》の井《ゐ》なり濁れるはこはいやうなる動かずにゐよ

見し秋をとほりすぎたる秋茜《あきあかね》その待ち伏せの記憶またたく

忍び足かへらぬ猫の皿の下「まつとしきかば」と行平がゐる

たち別れいなばの山の峰に生ふるまつとし聞かば今帰り来む
在原行平『古今和歌集』
迷子になつたものを呼び戻すおまじない

ひそやかに下弦の月は馬刀葉椎《まてばしひ》の湿りをおびた樹皮にはりつく

とうめいな秋のひざしを曼珠沙華《まんじゆしやげ》吸ふひめごとのやうな真昼間

ノワールもネロも黒猫縮まらぬ五歩ほどの空間がほどよい

落ちてゆくきらら眩暈《めまひ》の遠景に須磨の浦晴れた海のまぶしさ

ものを見るときのくらさにはなびらの散る雲母《きらら》なす時の切れ端

楓《かへで》蛙手《かへるで》あかく縮れてゆくやうに惹《ひ》かれて乾くひとのこころは

気配また離宮公園あたりから松風村雨堂《まつかぜむらさめだう》を過ぎれば

尾花《をばな》吹くアンダンティーノの風のいろ国道二号線のさざなみ

アンダンティーノ　アンダンテ（歩く）よりやや速く

信号を待つくちびるにゆれてゐるウォーターリップクリームの青

伸び上がる須磨浦ロープ＝ウェイから見下ろす淡いうみの燦《きら》めき

ひかりただひかりを弾くさざなみの奏《かな》でたるメロディの金色

かざし見る逢はじと響きあふ音の淡路島あはあはと漂ふ

平然と血のかなしみに染まりたる一ノ谷錦繡《きんしう》の坂道

線をくゆらせ歩く雉虎猫《きじとらねこ》の仔のみづをふくんだ深い味はひ

雉虎猫　雌の雉のやうな色彩の虎柄日本猫

花は地に還るよろこび　ひいやりと宝石の眼は見つめてゐたる

あかねさす陽は緋のいろをふかくする瀬戸内のゆふぐれの燦爛《さんらん》

両方のてのひらにつつまれてゐる「待つ恋」は肉のやうにやはらか

明日《あした》へと流れる空にぽつかりとふくらむ赤い月のしたたり

けざやかな月のひかりを一杯のアルカリイオン水にいざなふ

飲み干せばみづの揺らぎにわたくしといふ入れ物がまたくづれさう

空響くアレグロの風たはむれに明媚な闇をふきぬけてゆく

情熱の冥《くら》き

薔薇の花びらの揉《も》みあふ廃園に情熱の冥《くら》きつちふまずあり

自動ドア開けばあまい香のみちて肩胛骨のすきま広がる

わたくしのからだをまとふ骨はあり薄くひろがる肌にまみれて

初めてのステップを踏む人魚姫切りさかれたるやうな足首

きつぱりと空の青さを垂直に落ちてひかりの中に弾ける

思はないなにもなにも樹状突起《シナプス》の繋がるままにからだ動けば

その場所を空けてよ早く　呼ぶ声の翳がからだをすり抜けるから

「悪しき母たち《セガンティーニ》」がんじがらめを差し伸べて天に燿《かがよ》ふ指先の冷え

つややかにいのち流るる静脈といふわたくしの流れが痛い

くゆらせて踏むメレンゲは四分の二拍子　腰のとがりで作る

人魚の脚の間《あはひ》縫ひ目の線上に足首飾り《アンクレット》のひかりふるふる

さざめきは鼓動のリズム韻律に凭《もた》れかかつて水のうるほひ

ひかりを舐めて移る翳りをうしろへと摺《シャッセ》り足流れて締める足首

尾鰭またたゆたふやうにふうはりと立つ足首の先のふたひら

灯《とも》るのは人形の赤い靴の色リセットボタンもう一度押す

III

芹の清潔

「ノルマ」
ヴィンチェンツオ・ベッリーニ

いくたびも摘め生田の若菜　君も千代を積むべし

『閑吟集』
頭韻

生田神社は、ＪＲ三宮駅北の歓楽街入口に鎮座する「稚日女尊《わかひるめのみこと》」をまつる延喜式内の名神大社。その社殿のうしろには様々な時代の惨劇を身のうちに抱いて眠っているような、生田の杜がある。一ノ谷の合戦では平家がこの杜に大手門を設けた。合戦の最中、平通盛は最愛の小宰相をこの杜の近くに呼びよせたという。杜は時の流れを止めるためにあるのかもしれない。すぐそこにあるはずの街が遠くに見える。

いくたびも女神《めのかみ》の足にすれ違ふ生田の杜《もり》へゆくまでの道

くるぶしの白めざめよとざつくりと左足から踏む霜柱

たまきはるたましひといふやうに白　さゐさゐと噴水はきらめく

ひらめきて散る水滴の触れてゐるマリア・カラスの朱唇《しゆしん》のふるへ

森のうちがはへいざなふ順徳院「生田の杜の春のあけぼの」

秋風にまたこそとはめ津の国の生田の杜の春のあけぼの
順徳院『続古今和歌集』

つめたさを歩むからだのわたくしがおほきな幹の影に吸はれる

眼に映るものは刹那《せつな》とせつなさと粉雪の点描のしろたへ

いのちなり　おほきな樟《くす》は大空に小さな櫂《かい》のやうにそよそよ

くちびるにふるるる光は降りてくる「ノルマ」の赤い旋律に似て

ためらひはおそれにかはる樹の末《うれ》をしづかに渡る沈黙の意志

のぞき込むひかりの粒のつめたさに春のまなぶた開きはじめて

わたくしに灯るいのちのなしくづし　だに　すら　さへや　芹の清潔

ガラス管とほるひかりの声あまた束ねて響く一月の空

なにやらむなど思はせてふつくらと箙《えびら》の梅の蕾膨らむ

箙の梅　梶原源太景季が箙に梅の枝をさした

「清らかな女神よ」といふソプラノの小宰相《こざいしやう》みづに潤むくちびる

見返りてもなほ青空は生きてゐる樟《くすのき》のそよぐうれのまにまに

もとめあふ木の揺れ方に後ろ髪引かれて歩く土のふくらみ

血のやうに樹液は幹を熱くするそのやはらかなうちがはの水

呼ぶ声のひびきを探る指のさき爪弾くやうに風をからめる

尾を揺らす海からの風のビブラート唇にきてふるふる赤い

つめたさの尖りが磨く冬雲の縁にくれなゐ色が透きたる

むかうがはまで夕焼をぬけてゆく三日月は細い鎌のかたちに

蛇の抜け殻の地下鉄てらてらと光る右足首より入る

しのびこむ声のゆらぎは微睡《まどろみ》に座るわたしのうちがはに咲く

赤い音の連なり

紺青《こんじやう》のブルース響き藍色のジーンズの虚《うろ》に入れる足首

獣《けもの》めく時をなだめてゐるやうなキシリトールガムのしびれは

うちがはにやはらかなピンクの肉がはらまれてゐる小鳥のお腹《なか》

遊歩道小鳥ついばむ真昼間のひざしは絹のやうになめらか

少しうすい真昼の月のひかりなりゆふまぐれまでゆつくりあゆむ

禽獣の檻を隔ててよびかはす　黄道十二宮《くわうだうじふにきゆう》は青空

ぶちあたる刹那せつなを響かせてゴスペルの赤い音の連なり

まどろめる人の憂ひのうちがはに獣めきたる一枚の貌《かほ》

くちびるにリキュールの香をひとたらし滴《したた》る指のお腹は甘い

野獣派のマチスの「ダンス」手を繋ぐときあらはれる人間の檻

女雛《めびな》の眠い切れ長の目に

「ピアノ協奏曲第二番」
セルゲイ・ヴァシリェヴィチ・ラフマニノフ

さかづきに春の涙をそそぎける昔に似たる旅のまとゐに
式子内親王『萱齋院御集』

頭韻

鵯台から夢野町へ降りるバイパスは、山越えの道。その途中、山と山の間に架かる丸山大橋を渡る時、私はいつも、諸説がある鵯越の逆落としはやはりここだろうという思いに捉えられる。橋の片方は山の急斜面。反対側は、山と山の間の空に広がる街と遠景の海。その眺望はすばらしい。かつて福原に遷都した平清盛もたぶん、海へ向かって扉が開いているような神戸の開放感を愛したのだろう。熊野神社、祇園神社も高台にある。

さよならはさみし言の葉花笑《ゑ》まふ散るまでゑまふ花の顔《かんばせ》

飾り紐また解けなどあどけなく筺《はこ》の女雛にせかされてゐる

冷たさの沁みるは知覚過敏症春立つにうつつむなしき肢体

鏡面に菜の花の黄をあふれしめ鬼を見つむるやうな目をする

人形の顔にたゆたふ幸ひのうすい皮膜をゆつくりはがす

膚に悪い　身を捩《よぢ》りつつふり絞る花粉の黄《きい》の夢にまみれて

涙腺をゆする揺らぎのラフマニノフピアノ協奏曲第二番

夢野町の熊野神社は清盛が勧請

野の花の夢の菜のはな夢野町《ゆめのちやう》商店街に清盛の夢

生木《なまき》裂かれるやうなくれなゐ傷口に血のぷつくりと梅のほころび

苅藻川も合戦の地

水にまじはるひかりの春のすこし甘い苅藻川《かるもがは》てふ風かよふ道

断片のひかりて骨のてのひらに沁む透明な風の感触

折り紙の雛《ひひな》に目鼻感情の尖る部分に蓋をかぶせよ

そそがれる日差しをまとふ輪郭に顕《あらは》わたくし影は生まれる

空色の音の長さを十分《ソステヌート》に昼月の白ゆるやかにかさねあはせて

傷をゆつくりと塞《ふさ》いで整へて人形は手のゆらぎ見せあふ

鍵盤にその黒白《こくびやく》の音孕《はら》みつつみちてゆくピアノ一台

二月七日　鶫越

瑠璃色の鶫越をまつすぐに空のふかみへ落ちてゆくなり

結ばれし箙《えびら》の文に忠度《ただのり》の「主《あるじ》ならまし」花の感情

行きくれて木の下陰を宿とせば花やこよひの主ならまし
忠度『平家物語』巻九

片結び縹《はなだ》の空はしろたへの雛のこころをあはく締めたる

はなだ（縹）薄い藍色

親密なまなざしによぎられてゆく　女雛の眠い切れ長の目に

人間をゆきすぎる樟《くす》の並木の木洩れ日の眼は膚にひつたり

濁るとはやはらかきこと真昼間の曇り硝子にひかり泡立つ

二月十三日　小宰相入水

たたなづく柔膚《にきはだ》のやうな小宰相・通盛眠る願成寺まで

飛ぶ鳥（中略）たたなづく柔膚……
柿本人麻呂『万葉集』巻二（一九四）

累卵《るいらん》のあやふきといふ感じする　じんわりぬくい二月歩めば

体温をなぞる人差し指に聴くぬるい血潮の満ちてなめらか

左足しやんしやん鈴をなぶりつつ 玩《もてあそ》びつつ三毛猫は鳴く

のびあがるマニキュアの指にあふれさう紅梅の完璧なかをりが

平敦盛の笛の名は小枝

まどろみにすつくりと立つ面影に小枝《さえだ》の笛の苦い海鳴り

ささらえをとこ（細好男）月の擬人化

とめどなく雛の瞼を舐めてゐるささらえをとこ月光の舌

ゐさらひ（尻）

ゐさらひは腰の部分を折り曲げてからだと対話するとき下に

形があつい

育ちつつあるメゾフォルテうすべにの染井吉野は春のなかほど

君はまだかたくなに背を向けてゐる羊水の海のなかに潤みて

細き指絡めて耐へる　うちがはに骨を育てて孵《かへ》る痛みに

ひとひらをふふめば空にうつくしい枝垂《しだ》れ桜のほそい星形

みどり児にみどりの時間うつすらと眼にはなびらのかたちが映る

ひざしは部屋の塵に紛れてまぶしまぶしやはらかな蹠《あなうら》にゆらゆら

てつぺんの尖りが匂ふえんぴつで描かれてゆくさみどりの翳

みどりごの脱ぎ捨ててゆく昨日けふ泣けばさやさや風が生まれて

空を吸ふ息はなめらかゆふぐれに聴くメゾピアノ目眩《めまひ》のやうな

可愛いは愛することができること三日月型の銀のがらがら

人間の手の暖かさひつたりと来てやはらかく指になじんで

満開の暗闇さくら開きたるてのひらの白　形があつい

波の感触

「フーガの技法」
ヨハン・ゼバスティアン・バッハ

花鳥《はなとり》もみなゆきかひてぬばたまの夜の間に今日の夏は来にけり
紀貫之『貫之集』
頭韻

在原行平の貴種流離譚は『源氏物語』の「須磨」「明石」へ繋がる。須磨は摂津の国、明石は播磨の国。明石海峡は海境（人の国と海神の国との境）でもあったらしい。私の母なる海、瀬戸内海は海神の国。光も水も空気も異なった匂いを纏う。

春の指先になぞられ海境《うなさか》は五月ひざしの中にたゆたふ

流れる水を集めてくる女神《めのかみ》の腰の括《くび》れのやうな海峡

無量光寺《むりやうくわうじ》は明石入道が光源氏に提供した屋敷跡（つまり幻の実在）

時の道ときにつながる大観町無量光寺の源氏稲荷に

陸《りく》と陸《くが》あひ寄る響き明石川　肩のちからをゆつくりと抜く

もう土手の桜は青葉　汽水にはすこし汚れた水のまどろみ

みちてゆく五月微細なわたくしの水のからだはさざめくばかり

なだらかに風の手のひら三毛猫のしやらら背中をまた撫《な》でてあげて

ゆきすぎる土地の名前のあかあかと明石は赤い石の連なり

樹の末《うれ》に芽吹くいのちのため息の緑濃きふかき声のおもたさ

感応といふ感覚はくちびるに母音生まれるやうな味はひ

表面を過ぎてゆくのはわたくしの記憶に浮かぶ怖れそのほか

天球儀しづかにゆする　青空を映す水面《みなも》が息をひそめて

濡れてゐるひかりの粒に木洩れ日に泡だつ白い時の輪郭

春の海たつ白波の帰るさに浮き千鳥なるひかり放てば

橘の「花も実も具して、おし折れる」明石の君のたをやかに青

『源氏物語』若菜下

眩しさをもたらせる日差しは水のおもて揺らめくたびに纏《まつ》はる

伸びてゆく陽の弓形《ゆみなり》は列島の時間を決める子午線の腕

よせかへす　平戸躑躅《ひらどつつじ》の爛漫を広げたやうな波の模様が

のどかにひかり縫ひあはせたる白波のうらうら千鳥燦燦《さんさん》と散る

纏《まつ》はれる指のあたりにやるせなく『万葉集』の波の感触

日常がじつとりと膚に張りつく牡丹《ぼうたん》の蕊熟れた匂ひの

けれどもうくれなゐといふよりも紅《べに》　入り日は明日の辛苦にかよふ

「フーガの技法」ひく指先に煉獄《れんごく》を見せるゆらぎの音が灯るよ

望みあるいはひかりの粒を欄干に連ねて飾る明石大橋《パールブリッジ》

波の手にすこし汚れた硝子越しなれど暗闇素肌へと来る

月あかくふるる震へのひかり来て泳ぐやうなり膚に映せば

ははそばの母の国なる愛媛へとつながる播磨灘のあかるさ

昨日は今日のうちに灯れるせつなさと燈火《ともしび》は水のうへに燿《かがよ》ふ

人間のために淡路へ渡す橋　海岸線は埋め立てられた

けぶれる春と夏のあはひに上弦の月のみみたぶ型がぴつかり

底《そこ》紅《べに》

驟雨のち開く視界に一匹の黒豹のやうなパジェロの闇

パジェロ　車の名前

機械には感じがたぶん分からない雨の降る日の闇のじつとり

総天然色に烏賊墨色《セピア》のかかりたる七十年代的な酢漿草《かたばみ》

溶ける魚　そのあざらかな内側にプランクトンはふかく眼を閉づ

唇にヴィスコンティのさびしさの雨に蠢《うごめ》くあぢさゐの色

すれちがふ車体にジンと空間の圧しつぶされた力が当たる

無花果の膚《はだへ》筋目の褐色をまとふ子宮のやうなうちがは

あからさまなる肉食の眼にＥＰのジャンピング・ジャック・フラッシュが効く

ＥＰ　ＥＰレコード

流し目といふものがあり道ばたのネットカフェーに流して過ぎる

わたくしも力のかぎりとは言へず　廃駅の前を飾る底紅

そこべに（底紅）蕊の近くが紅い木槿《むくげ》

IV

「弦楽四重奏曲　死と乙女」
フランツ・ペーター・シューベルト

みづが痺《しび》れるやうに

燃ゆる火の中の契りを夏蟲のいかにせしかば身にもかふらむ

藤原能宣『能宣集』
頭韻

『古事記』下巻仁徳記「枯野《からの》といふ舟」の物語には、淡路島と対岸の高安との恋物語のような味わいがある。「枯野」は音となっても海を渡る。淡路島の花桟敷と名付けられた高台から畿内を眺めると淡路は畿内の懐に抱かれているような感じ。憧れとやすらぎに満ちた不思議な空間が広がっている。

ものにつくもつれあふ火の舌先に舐められてゐるわたくしの夏

ゆつくりと記憶をさぐる玉藻刈るをとめの影のなかに紛れて

たまもかる（玉藻刈る）枕詞。「をとめ」「沖」などにかかる

縷縷《るる》綿綿《めんめん》の波の鱗《うろこ》をゆきすぎる流線型の舟のまぶしさ

ひかりは時の流れとおもふ海沿ひを歩く私のからだなぞれば

花桟敷からの眺望は箱庭のやう

残りたる記憶のなかの箱庭の空にはすべて境目がない

漬《なづ》の木の振れ立つ音のさやさやと「枯野」はかつてみづ運ぶ舟

かの時のかの小宰相　内海《うちうみ》の波の皮膜のうちがはにゐる

『平家物語』巻九

喉に鳴る一杯のみづ氷室《ひむろ》から切りだされたる恋を溶かした

ちりちりと燃ゆる燃ゆらむ真夏日の木蔭にねむる雉虎猫《きじとら》の雌

黄揚羽蝶《きあげは》の八分咲きなる謙譲の美徳といふはすこし重たい

輪郭のとろけるほどに炎天に交差点にて嬲《なぶ》られてゐる

尾鰭ふる和金《わきん》・琉金《りうきん》・朱文金《しゆぶんきん》　夢は逆夢とほりぬけたり

中指の爪に描きしあやまちのやうなる蝶の骨の薄紅

月白くうかぶ青空さびしさの燃えたつ音を空に映せば

群れて咲くこの浮遊感しろたへのダリアは丘の上にゆうらり

しらじらと松帆神社の昼風に少女の襟のあたりほころぶ

凌霄花《のうぜんかづら》の蔓にきりきり締められていのちといへど切り落としたい

苛立ちは育ちつつある真昼間にじんわり君を噛みしめるとき

からだには汗の匂ひをひめやかに滲ませる膕《ひかがみ》といふ闇

にくしみをひいやり舐めて立ち去つてしまつた　たぶん運命の蝶

背泳ぎの鰭ふるやうに腕ひろげ水跳ねあぐる音のするどさ

消費するその熱量が罪ならむ押し照るや難波あたりの夏

おしてるや（押し照るや）枕詞。「難波」にかかる

カーマイン・レッドに結ぶくちびるに一瞬少女意地を見せたり

万緑はみどりに深く夏の陽を吸ふそののちのしたたりが汗

みづのゆらめきの震への指遣ひ《ビブラート》「死と乙女」みづが痺《しび》れるやうに

西日のあかい指にこころは絞《しぼ》られて酔芙蓉くれなゐに縮れる

藻塩焼き残りし「枯野」海底にしづめてひびく潮のさやさや

からだをふかく揺する潮の香　瀬戸内の血潮流れるわたくしのため

伏線をしいて話を呼びもどすたびに線香花火ほつたり

爛漫の蛍は肉の燃える色　深夜帰宅の街にともさむ

褥《しとね》のやうね

少しづつ死を手渡されアマデウス雨のゆらぎのなかのモテット

ヨーガの基本は呼吸
やはらかくみたされてゆくよろこびの肩胛骨を意識して吸ふ

くちびるの形をふたつ縫ひあはせ褥《しとね》のやうね　宙づりの雄蕊《しべ》

しとね（褥）綿入の敷物

腰からうへを反らせて腕をひろげたるひばりのポーズ喉を伸ばせば

蜜のしたたる雌蕊《しべ》のしめりにやはらかくからめとられて肉感の闇

中心をさぐるときゆらぐ思ひが散るわたくしの胸をてらせり

けれどまたカサブランカのうちがはに花びらを食む虫が生まれて

白玉の首飾りゆつくりと置くやうに背中の骨を寝かせる

珊瑚色《コーラルピンク》

「平均律クラヴィーア曲集」
ヨハン・ゼバスティアン・バッハ

赤玉は緒さへ光れど白玉の君が装ひし貴《たふと》くありけり
『古事記』上
頭韻

『伊勢物語』第八十六段で主人公が訪れる布引の滝は新神戸駅の高架を潜って生田川の上流へ十分足らず歩いたところに突然現れる。その途中に新幹線の高架と山肌に挟まれてほぼ一日中陽のあたらない河原がある。湿った石のごろごろとある河原。私はいつも横目で見て通り過ぎるだけなのに、なぜか私の夢にそのはじまりの場所として何度も現れる。ここは光と影の出会う場所。影の隙間から差すひかりは六甲山に研ぎ澄まされて白玉の傷をくっきりと照らし出す、

ぬきみだる人こそあるらし白玉のまなくもちるかそでのせばきに
在原業平

揚羽蝶地の水を吸ふ透明な水のにほひに導かれつつ

垣間見の風のよぢれと坂道をのぼれば土地の記憶ひらいて

ダマスク織《おり》のシーツの細い切れ端の鰭《ひれ》しらしらと川は流れる

まだ逢へぬ　新神戸駅高架下隧道《すいだう》のなかをよぎる影あり

はしばみの花色眼鏡《はないろめがね》猫の眼と逢ふ　風景に一瞬のぶれ

小櫛などささずたどれば生田川中流は石の尖りがゆるい

蘆の屋の灘の塩焼きいとまなみ黄揚《つげ》の小櫛《をぐし》も挿《さ》さず来にけり
『伊勢物語』第八六段

さりげなく許されてゐて行間に許すとは人の驕《おご》りのやうな

平均律に珠うちあはす精度ありそのしらたまを背骨に感ず

左端走り抜けたる振りかへる岸辺にひかる鼠もちの葉

樫の樹の零《こぼ》すひかりはうちがはの腕の白さに吸はれてゐたる

冷気あり　ざわわからだをなでてゆく闇夜の鴉的な感じに

とぶとりの明日追ひかけて粗樫《あらかし》のなかをひそかに風とわたれば

しらたまは六甲山の照り返す北光線に傷を浮かべる

欄干にもたれかかってうちがはを覗く、鼓の滝は見えない

断ち縫はぬ紅葉ではなくふかみどり切り裂く白い布引の滝

たち縫はぬ紅葉の衣そめ出でて何山姫のぬの引きの滝
順徳院　一二一五年内裏名所百首

真玉しらたまひかりふるふる六甲の響き美味しい水が磨いて

野薔薇《のいばら》の実のくれなゐに揺れてゐる昼のひざしのなかにうつとり

木に登る猫きらきらし鵯《ひよどり》のこゑを三日月型の目に聴く

みづに記憶の滲む鶸色ひはひはとわたくしを閉ぢこめて帰らむ

からだにも吹きこむ風を白身持て包囲せよ脂ゼリーのやうに

呼ぶ声はゆれてひかりの粒粒の音絡めとるフーガとなれり

それぞれのものの昨日でありしこと陽はやはらかく項《うなじ》にわらふ

冷えてゆく耳に吊るせばひと粒のしらたまに照る業平の歌

真実をすりあはす唇にこゑ珊瑚色《コーラルピンク》ゆつくりとぬる

玉藻刈るをとめの声とすれちがふたびに耳鳴り坂をくだれば

触れてゐるしろい日差しにほろほろとひらかれてゆく萩のくちびる

どうすればいいのだらうかわたくしの腕からさきが子供に還《かへ》る

雲のゐる雲井通りの陸橋へ風をうけつつ風に削がれて

「帰り来る道遠くて」

粟立つ膚のあとあざらかに文庫本『伊勢物語』青の背表紙

輪郭のしまるところに秋は来て上島珈琲ブラックで飲む

肩胛骨の周りほぐせばデコルテの部分に甘くひかるしたたり

デコルテ　襟ぐりから見える首筋や胸

林檎園

水を欲《ほ》るいのちの核を眠らせたジョナゴールドを三個購《あがな》ふ

食べられる実の怒りあり林檎園脱走したるやうなくれなゐ

守ること、播くこと、地をも満たすこと。この完璧な形を選ぶ

剝けばまたジョナゴールドの香はみちて愛染《あいぜん》明王《みやうわう》三つ目の口

堅きかたき黒と思へど果物の守るいのちの種はねたまし

真夜中の鍋に林檎はほろほろと心細《うらぐは》しいのち煮詰められたる

うらぐはし（心細し）心にしみて美しい

にほひ映る肌に零《こぼ》れる金色の月の雫《しづく》のやうなその蜜

あとがき

爽やかな風が頬を撫でて吹きすぎる日に、初稿を終えました。この歌集には、「短歌研究」に発表した三十首八回の作品連載を中心に、二〇〇五年から二〇〇八年までの作品を収めました。私の第五歌集となります。

連載の依頼をいただいた時、やはり要となるものが必要ではないかと考え、二十年以上住んでいるけれどそれほど知っているわけではない「神戸」を中心に据えてみようと思っているうちに、塚本邦雄先生の突然の訃報。水底に揺らめくような六月から始まることになりました。

そして、二回目の締め切りの後、冬の旧居留地を足早に歩いていると、ビルに紛れてさりげなく立つ「宮城道雄生誕の地」という石碑に行き当たりました。宮城道雄といえば瀬戸内海の印象を音で描写した名曲「春の海」の旋律が浮かび、「春の海」といえば与謝蕪村の「春の海終日のたりのたりかな」という名句が浮かぶ。そんなことを考えているうちに『万葉集』の時代から海境《うなさか》と呼ばれていた明石海峡が、畿内と外の国との境界線、つまりこの世とあの世の境であったように、モダンな港町と思われている神戸という土地も、摂津と播磨の境。その上に流れる「今」という時間が、土地の持つ物語を架け橋として、過去と繋がっている選ばれた場所ではないか、という思いが生まれました。

そんな不思議な気分に導かれて、物語の舞台となった土地を探し、実際に訪れて、書物の中でかつて出会った物語に再び出会う旅が始まりました。私はこの旅で、さまざまなものに出会い、神戸という土地の持つ魅力にさらに深く引き込まれていったように思います。

たとえば私というちっぽけな存在が、考えること（意識の流れとでもいうのでしょうか）によって物語の舞台の過去をたどってゆく。すると、さかのぼる時間の中に意識が無限にひろがってゆくような開放感を味わう。今私が居る「ここ」は過去にも未来にも繋がっているという感覚は、かなり魅力的なものでした。「ここ」神戸は、『古事記』『万葉集』『伊勢物語』『大和物語』『源氏物語』『平家物語』など、様々な古典を今に伝えるものを大切に残しているのに、新鮮な気分を味わえる不思議な町。私が体感した神戸という土地の魅力と、土地に関わる物語の魅力が、ほんの少しでも伝わればうれしいと思います。

私が、連作をまとめる時にはいつも音楽がうしろに流れています。今回は、連作を作る時にもっともふさわしい気分をもたらしてくれたクラシックの曲名を記してみました。そして連載三回目からは頭韻に選んだ和歌と歌謡を記しています。名歌の力に助けられました。装丁は、いつも素敵な本にしてくださる間村俊一様にお願いすることができました。とても楽しみです。

今回の歌集出版までには、「短歌研究新人賞」をいただいた時からお世話になり、作品連載をコーディネートしてくださった押田晶子前編集長と、引き続き連載を支えてくださった堀山和子現編集長、お二人のお力をお借りすることとなり、ことのほか感慨深いものとなりました。ありがとうございました。

そしていつも私の歌を支えてくださる方々に、深謝いたします。

二〇〇九年六月十八日

尾崎まゆみ

初出一覧

I

水にひらく　「短歌研究」二〇〇五年一一月号
音をみせあふ　「朝日新聞」東京版二〇〇五年一一月一一日金曜日夕刊
時の滴《したた》り　「短歌研究」二〇〇六年三月号
銀盤　「角川短歌」二〇〇六年四月号

II

桜の舌　「短歌研究」二〇〇六年六月号
汗は苦い　「角川短歌」二〇〇五年六月号
ひいやり剝がす　「短歌研究」二〇〇六年九月号
葉擦れはにかむ　「玲瓏」六十五号
明媚な闇　「短歌研究」二〇〇七年一月号
情熱の冥《くら》き　「短歌ヴァーサス」八号

III

芹の清潔　「角川短歌」二〇〇七年二月号　「玲瓏」六十六号
赤い音の連なり　「玲瓏」六十七号
女雛《めびな》の眠い切れ長の目に　「短歌研究」二〇〇七年四月号
形があつい　「玲瓏」六十八号
波の感触　「短歌研究」二〇〇七年七月号
底紅《そこべに》　「玲瓏」六十九号

IV

みづが痺《しび》れるやうに　「短歌研究」二〇〇七年一〇月号
褥《しとね》のやうね　「短歌往来」二〇〇八年一二月号
珊瑚色《コーラルピンク》　「角川短歌」二〇〇八年一〇月号
　「歌壇」二〇〇八年一一月号
林檎園　「短歌研究」二〇〇八年三月号

歌集 明媚《めいび》な闇《やみ》

二〇〇九年十二月二十五日　印刷発行

著者――尾崎《をざき》まゆみ

発行者――堀山和子

発行所――短歌研究社

東京都文京区音羽一―一七―一四　音羽YKビル　郵便番号一一二―〇〇一三
電話〇三―三九四四―四八二二　振替〇〇一九〇―九―二四三七五

印刷所――豊国印刷

製本者――牧　製　本

造本・装訂――間村俊一

定価――本体二六六七円（税別）

落丁本・乱丁本はお取替えいたします。

ISBN978-4-86272-162-4 C0092 ¥2667E

短歌研究社　出版目録

＊価格は本体価格（税別）です。

歌集	朝の水	春日井建著	A5判	二四八頁	三〇〇〇円	〒三一〇円
歌集	曳舟	吉川宏志著	A5判	一六八頁	二五七一円	〒二九〇円
歌集	夏羽	梅内美華子著	A5判	二二四頁	三〇〇〇円	〒二九〇円
歌集	赦免の渚	石本隆一著	A5判	二〇八頁	三〇〇〇円	〒二九〇円
歌集	巌のちから	阿木津英著	四六判	一九二頁	二六六七円	〒二九〇円
歌集	天籟	玉井清弘著	A5判	二〇八頁	三〇〇〇円	〒二九〇円
歌集	雨の日の回顧展	加藤治郎著	A5判	二〇八頁	三〇〇〇円	〒二九〇円
歌集	睡蓮記	日高堯子著	A5判	一七六頁	三〇〇〇円	〒二九〇円
歌集	卯月みなづき	武田弘之著	四六判	一七六頁	二六六七円	〒二九〇円
歌集	世界をのぞむ家	三枝昂之著	四六判	二二四頁	三〇〇〇円	〒二九〇円
歌集	ジャダ	藤原龍一郎著	A5判	二〇〇頁	三〇〇〇円	〒二九〇円
文庫本	大西民子歌集（増補『風の曼陀羅』）	大西民子著		二一六頁	一七九六円	〒二一〇円
文庫本	岡井隆歌集	岡井隆著		二〇〇頁	一二〇〇円	〒二一〇円
文庫本	馬場あき子歌集	馬場あき子著		一七六頁	一二〇〇円	〒二一〇円
文庫本	島田修二歌集（増補『行路』）	島田修二著		二四八頁	一七一四円	〒二一〇円
文庫本	塚本邦雄歌集	塚本邦雄著		二〇八頁	一七四八円	〒二一〇円
文庫本	上田三四二全歌集	上田三四二著		三八四頁	二七一八円	〒二一〇円
文庫本	春日井建歌集	春日井建著		一九二頁	一九〇五円	〒二一〇円
文庫本	佐佐木幸綱歌集	佐佐木幸綱著		二〇八頁	一九〇五円	〒二一〇円
文庫本	高野公彦歌集	高野公彦著		一九二頁	一九〇五円	〒二一〇円
文庫本	続馬場あき子歌集	馬場あき子著		一九二頁	一九〇五円	〒二一〇円
文庫本	前登志夫歌集	前登志夫著		二〇八頁	一九〇五円	〒二一〇円